27 Novembre 1882.

12P

Collection de M. S..., de Lille

ARGENTERIE ANCIENNE

BIJOUX

Porcelaines de Saxe, Sèvres, Chine et Japon

BRONZES — MEUBLES

OBJETS DE VITRINE, TAPISSERIES, DENTELLES

COMMISSAIRE-PRISEUR	EXPERT
Me E. BERTHELIN	M. ALIBERT
29, rue Le Peletier	58, rue de La Rochefoucauld

A. Quantin imprimeur
St Benoit 7 à Paris

CONDITIONS DE LA VENTE

Elle sera faite au comptant.

Les acquéreurs payeront 5 pour 100 en sus des adjudications, applicables aux frais.

L'Exposition mettant les acquéreurs à même de se rendre compte de l'état et de la nature des objets, il ne sera admis aucune réclamation, une fois l'adjudication prononcée.

CATALOGUE

D'ARGENTERIE ANCIENNE

BEAU COFFRE DU XVIe SIÈCLE

Soupières, Cafetières, Aiguières, Flambeaux
Sucriers, Huiliers, Salières, Vidrecomes, Coupes, Calices
Timbales, Plats, Plateaux, Vases, Seaux, Agrafes,
Réchauds, etc., etc.

SERVICE A DESSERT DE CHEZ ODIOT

BIJOUX ANCIENS

PORCELAINES ANCIENNES
DE SAXE, SÈVRES, CHINE ET JAPON

OBJETS DE VITRINE

BRONZES, MEUBLES, TAPISSERIES, ÉTOFFES
DENTELLES, OBJETS DIVERS

Composant la Collection de M. S..., de Lille

DONT LA VENTE AURA LIEU

Hôtel Drouot, Salle n° 3

Les Lundi 27 et Mardi 28 Novembre 1882, à deux heures

Me BERTHELIN COMMISSAIRE-PRISEUR 29, rue Le Peletier.	M. ALIBERT EXPERT 58, rue de la Rochefoucauld

EXPOSITION PUBLIQUE

LE DIMANCHE 26 NOVEMBRE 1882 DE 1 HEURE 1/2 A 5 HEURES

DÉSIGNATION

ARGENTERIE

1. — Coffre en argent avec boutons et serrure en or, très beau travail du XVIe siècle.

2. — Service à dessert en argent de chez *Odiot*, composé de :

1 corbeille de milieu	(8.799 grammes)
2 pieds de compotiers	(4.175 grammes)
4 pieds d'assiettes	(5.378 grammes)
Total	18.562 grammes.

3. — Grande Soupière avec couvercle et plateau, enrichie d'ornements, époque Louis XVI.

4. — Déjeuner, couvercle et plateau, époque Louis XIV.

5. — Déjeuner, couvercle et plateau, époque Louis XVI.

6. — Déjeuner, couvercle et plateau, époque Louis XVI.

7. — Déjeuner, couvercle et plateau, époque Louis XVI.

8. — Déjeuner, couvercle et plateau, époque Louis XIV.

9. — Déjeuner, couvercle et plateau, époque Louis XIV.

10. — Belle cafetière Louis XIV (Vente San Donato).

11. — Grande Chocolatière Louis XIV ornements et figures très finement ciselés.

12. — Grande Chocolatière Louis XV, ornements et figures très finement ciselés.

13. — Grande Cafetière Louis XIV, avec ornements finement ciselés.

14. — Grande Cafetière Louis XIV, avec ornements finement ciselés.

15. — Grande Cafetière Louis XIV, avec ornements finement ciselés.

16. — Petite Cafetière, époque Louis XVI.

17. — Petite Cafetière, époque Louis XVI.

18. — Grande Aiguière et son plateau, époque Louis XV.

19. — Grande Aiguière, époque Louis XVI.

20. — Deux Saucières et leurs plateaux, époque Louis XIV.

21. — Saucière sans plateau, époque Louis XIV.

22. — Sucrier à côtes et son plateau, avec ornements ciselés, époque Louis XV.

23. — Sucrier à côtes et son plateau, avec ornements ciselés, époque Louis XV.

24. — Sucrier ovale, avec ornements ciselés, époque Louis XVI.

25. — Sucrier ovale, sans couvercle.

26. — Sucrier rond sans plateau, ornements ciselés, époque Louis XVI.

27. — Sucrier ovale Louis XVI.

28. — Sucrier, époque Louis XVI.

29. — Deux grands Sucriers à poudre, ornements, Louis XIV.

30. — Deux petits Sucriers à poudre, ornements ciselés, époque Louis XV.

31. — Sucrier rond, avec ornements ciselés et gravés, époque Louis XIV.

32. — Deux flambeaux, riche ciselure, époque Louis XIV.

33. — Deux petits Flambeaux avec guirlandes de fleurs et ornements, époque Louis XV.

34. — Deux petits Flambeaux avec guirlandes de fleurs et ornements, époque Louis XV.

35. — Deux Flambeaux avec ornements ciselés, époque Louis XIV.

36. — Deux grands Flambeaux avec ornements ciselés, époque Louis XIV.

37. — Deux Flambeaux, avec ornements, travail allemand.

38. — Réchaud, ornements ciselés, époque Louis XIV.

39. — Réchaud.

40. — Réchaud.

41. — Réchaud.

42. — Huilier, avec ornements, époque Louis XVI.

43. — Huilier Louis XVI.

44. — Huilier Louis XVI.

45. — Huilier Louis XVI.

46. — Huilier, époque du premier Empire.

47. — Deux Confituriers avec leurs couvercles, ornements ciselés, époque Louis XVI.

48 — Sucrier avec cristal, époque du premier Empire.

49. — Deux petits sucriers à poudre, style Louis XIV, garnis d'ornements.

50. — Sucrier à poudre, époque Louis XIV.

51 — Moutardier avec ornements, époque Louis XIV.

52. — Cuvette ovale, époque Louis XIV.

53. — Quatorze Plats et Plateaux avec ornements ciselés des époques Louis XIV, Louis XV, Louis XVI.

54. — Petit Plat creux, à gaudrons, époque Louis XIV.

55. — Petit Plateau à trois pieds, époque Louis XIV.

56. — Petit Plateau avec armoiries.

57. — Trente-neuf Salières, à un et deux compartiments, des époques Louis XIV, Louis XV, Louis XVI.

Sera divisé.

58. — Deux Salières à gaudrons et ornements ciselés, époque Louis XIV.

59. — Sept Moutardiers, avec ornements ciselés et repoussés, époque Louis XVI.

60. — Deux petits Pots à lait, ornements repoussés, époque Louis XV.

61. — Grand Sucrier ovale avec ornements repoussés, époque Louis XIII.

62. — Sept Timbales en argent niellé russe.

63. — Trois Cuillers à fruits, découpées à jour, époque Louis XV.

64. — Deux Cuillers à sucre, découpées à jour, époque Louis XV.

65. — Trois Truelles à poissons, découpées à jour, époque Louis XV.

66. — Coupe en argent, garnie de treize émaux, époque Louis XIV.

67. — Vidrecome repoussé, époque Louis XIII, travail italien.

68. — Coupe en argent repoussé et ciselé, époque Louis XIII, travail italien.

69. — Brûle-Parfums en argent repoussé.

70. — Huit Cuillers avec manches garnis de figures et d'ornements, travail allemand, époque Louis XIII.

71. — Couteaux et fourchettes en fer, avec manches argent, époque Louis XIV.

72. — Six Couteaux à dessert, lames et manches argent, époque Louis XVI.

73. — Petite Cage à perroquet, en argent, époque Louis XVI.

74. — Deux Agrafes de ceintures, avec ornements, époque Louis XIV.

75. — Petite Cuiller à punch et une petite Pelote à épingles en argent.

76. — Petit Vase en filigrane d'argent.

77. — Deux grands Seaux à rafraîchir, en cuivre argenté, époque Louis XIV.

78. — Deux Seaux à rafraîchir, en cuivre argenté, plus petits.

79. — Deux Poignards garnis en argent, travail oriental.

80. — Couteau de chasse garni en argent.

81. — Deux Pistolets à deux coups, époque Louis XIV, garniture en argent.

82. — Couteau et Fourchette, manches en argent, époque Louis XIII.

83. — Cinq Bustes de saints sur socles, en bronze doré, époque Louis XV.

84. — Calice vermeil avec son plateau, finement ciselé, époque Louis XVI.

85. — Calice et sa patène en argent doré et ciselé (fin Louis XVI).

86. — Grande Jardinière, style Louis XVI, de chez *Odiot*. Les fonds de la Jardinière sont en bronze, et les guirlandes de fleurs finement ciselées.

87. — Sucrier rond avec couvercle et plateau, époque Louis XV, enrichis d'ornements finement ciselés.

88. — Sucrier rond et son couvercle, ornements ciselés, époque Louis XVI.

89. — Cafetière avec ornements de fleurs, rinceaux ciselés et repoussés, travail anglais, époque Louis XV.

90. — Pot à lait, travail anglais, époque Louis XV.

91. — Petite Cafetière argent ciselé, époque Louis XVI.

92. — Deux Salières à deux compartiments et un Moutardier, enrichis de guirlandes et d'ornements, époque Louis XVI.

93. — Deux Salières à deux compartiments, époque Louis XVI.

94. — Deux Salières avec couvercles et ornements ciselés, époque Louis XVI.

95. — Quatre Salières de forme ronde, ornements de rinceaux ciselés, époque Louis XVI.

96. — Drageoir ciselé, époque Louis XIV.

97. — Sucrier ovale et son plateau, ornements ciselés, époque Louis XVI.

98. — Vidrecome, ornements ciselés et repoussés, travail italien, époque Louis XIII.

99. — Aiguière et son plateau, ornements finement ciselés, en cuivre argenté, époque Louis XVI.

BIJOUX

100. — Châtelaine et sa Montre en or, garnies d'émaux et entourées de jaserons, époque Louis XVI.

101. — Collier en or, avec émaux, perles fines et rubis, style Louis XVI.

102. — Broche en or, avec saphirs, perles fines et rubis, travail du XVIe siècle.

103. — Aigrette en argent, garnie de roses, époque Louis XVI.

104. — Épingle de cravate en or, avec saphir et perles fines.

105. — Flacon en cristal de roche, avec monture en or, époque Louis XVI.

106. — Montre d'homme en or émaillé, époque Louis XVI.

107. — Deux boucles d'oreilles en or émaillé et perles fines.

108. — Broche et deux Boucles d'oreilles en argent, garnies de roses et de pierres de couleurs, époque Louis XIII.

109. — Boîte en or émaillé, avec fermoir en roses, époque Louis XVI.

110. — Garniture de Boutons en argent et strass, composée de vingt-cinq grands boutons et de dix petits.

111. — Broche en or et argent émaillés, garnie de rubis et perles fines et d'un émail style Louis XVI.

112. — Châtelaine en argent, garnie d'émaux et jaserons. époque Louis XV.

113. — Châtelaine en argent, garnie d'émaux et jaserons, époque Louis XV.

114. — Montre en or ciselé, époque Louis XVI.

115. — Petit Médaillon en or garni de brillants, avec émail représentant l'Impératrice Joséphine.

116. — Broche en argent, garnie de pierres aigue-marine, époque Louis XIII.

117. — Châtelaine en argent doré avec dé, étui et ciseaux, époque Louis XVI.

118. — Broche, deux Boucles d'oreilles, deux fermoirs de bracelets en argent enrichis de pierres aigue marine, époque Louis XV.

119. — Broche normande en or et strass.

120. — Sept Bagues en or, camée dur.

PORCELAINES ET FAIENCES

121. — Vingt-trois Plats en faïence et porcelaine de Chine et du Japon.

Sera divisé.

122. — Vingt-cinq Assiettes en porcelaine de Chantilly, décor d'enfants en camaïeu bleu.

123. — Quatre Assiettes en porcelaine de Sèvres, pâte tendre, décor de bouquets.

124. — Six Assiettes en porcelaine de Chine.

125. — Quinze Assiettes, porcelaine de Chine et faïence de Delft.

Sera divisé.

126. — Quatre Plats en faïence de Rouen, décor à la Corne.

127. — Deux Fromagers en faïence de Delft.

128. — Deux Fromagers en faïence de Delft.

129. — Trois Assiettes en porcelaine du Japon.

130. — Deux Plateaux à jour en porcelaine de Saxe, décor de fleurs.

131. — Treize Plats et Assiettes en japon et faïences diverses.

132. — Deux petites Potiches en Japon bleu.

133. — Quatre Tasses gros bleu, imitation de Sèvres.

134. — Soixante pièces de japon bleu et blanc. Vases, Sucriers, Soucoupes.

Sera divisé.

135. — Cinq Pots en faïence de Lille.

136. — Cabaret en porcelaine de Berlin composé de cinq pièces et d'un Plateau.

137. — Petit Porte-Huilier en japon.

138. — Trois pièces, Théière porcelaine allemande.

139. — Deux beaux Flambeaux en vieille porcelaine de Saxe avec fleurs en relief et décor de fleurs.

140. — Encrier en porcelaine de Saxe.

141. — Quinze petits Groupes et Figurines en porcelaine de Saxe.

142. — Encrier en faïence de Delft, monture en argent.

143. — Deux Cornets en porcelaine du Japon.

144. — Tasse à bouillon avec son plateau, en porcelaine de Sèvres, pâte dure.

145. — Tasse à bouillon et son plateau, en porcelaine de Sèvres, pâte tendre, décorée de feuillages et fraises.

146. — Bourdaloue en porcelaine de Saxe, décor de fleurs, époque Louis XIV.

147. — Bourdaloue en porcelaine de Sèvres, pâte tendre, fond gros bleu, ornements en or et médaillons de fleurs.

148. — Tasse en porcelaine de Sèvres, pâte tendre, fond gros bleu et or avec médaillons de figures d'après Boucher.

149. — Tasse en porcelaine de Sèvres, pâte tendre, fond rose, avec deux perdrix et un médaillon : trophée de chasse.

150. — Tasse en porcelaine de Sèvres, pâte tendre, avec filets bleu et or, ornée d'un médaillon représentant un paysage animé de figures.

151. — Tasse en porcelaine de Sèvres, pâte tenure, gros bleu et or, avec sujet de marine.

Sera divisé.

152. — Quantité de Cruches en grès de Flandres.

153. — Lot considérable de porcelaines anciennes de la Chine et du Japon.

Sera divisé.

154. — Partie de service en Sèvres, pâte tendre, composé de :

2 Seaux à rafraîchir,

3 Compotiers carrés,

6 Assiettes,

Décor à œils de perdrix et bouquets de roses.

155. — Trois Assiettes porcelaine de la Chine, fond rouge avec figures et animaux.

Sera divisé.

156. — Grand Plat faïence de Nevers, dessins bleus et armoiries.

157. — Grand Cornet du Japon (fracturé).

158. — Deux Beurriers en faïence de Delft.

159. — Huilier en faïence de Rouen.

160. — Encrier en porcelaine de Chine, monture en argent, époque Louis XIV.

161. — Trois Pots de forme cylindrique à ornements en relief en porcelaine de Villeroy, monture en argent.

162. — Deux petites Potiches en porcelaine de Chine, fond blanc, à dessins bleus, monture argent.

163. — Jardinière ovale en porcelaine de Sèvres, pâte tendre, décor de fleurs, époque Louis XV.

164. — Assiette en porcelaine de Sèvres, pâte tendre, fond rose, ornements en or. Sujet : Le Renard et la Poule, époque Louis XV.

165. — Assiette en porcelaine de Sèvres, pâte tendre, fond bleu turquoise et or avec médaillon d'oiseaux, époque Louis XV.

166. — Trois Plaques pour meubles, en porcelaine de Sèvres, pâte tendre, fond bleu turquoise et or. Sujet d'oiseaux et de fleurs.

167. — Deux Vases en porcelaine de Sèvres, pâte tendre, fond rose et or, sujet de figures d'après Boucher, décor style Louis XV.

168. — Plat en porcelaine de Chine, décor en couleur.

169. — Cinq Assiettes en porcelaine du Japon, décor en couleur, rehaussé d'or.

170. — Cache-Pot en faïence de Rouen.

171. — Pot à surprise en faïence de Lille.

172. — Deux grandes Bouteilles en faïence de Delft.

173. — Lot de petites Tasses en japon.

174. — Corbeille en faïence.

175. — Cabaret en porcelaine de Sèvres moderne, avec plateau, très riche décor, dans son écrin.

176. — Service en porcelaine de Tournai.

177. — Quatre Jardinières en porcelaine, imitation de l'Inde.

OBJETS DE VITRINE

178. — Douze Plaques ovales en émail de Limoges, représentant les empereurs romains, dans leurs cadres en bronze doré et ciselé, époque du XVIe siècle.

179. — Bonbonnière carrée en écaille piquée or, monture en or, époque Louis XVI.

180. — Boîte à mouche en écaille piquée or, monture en or, époque Louis XVI.

181. — Bonbonnière en cristal de roche, monture en argent doré, époque Louis XVI.

182. — Petit Vase en jaspe sanguin, monture en vermeil, formant cassolette.

183. — Émail ovale, sujet allégorique en couleur, époque Louis XVI.

184. — Petit Émail, sujet allégorique en couleur, époque Louis XVI.

185. — Miniature ovale sur ivoire, Femme tenant un chien lévrier, dans son cadre en bronze doré, époque Louis XVI.

186. — Miniature, fixé, Jeune Femme tenant une colombe, époque Louis XVI.

187. — Miniature ovale sur ivoire, Jupiter et Léda, époque Louis XVI.

188. — Garniture de quatorze boutons en acier et bronze doré, époque Louis XVI.

189. — Sept Camées intailles, montés en or pour colliers.

190. — Miniature sur ivoire, Jeune Femme tenant une colombe, dans son cadre en argent doré, époque Louis XVI.

191. — Coffre à ouvrage en nacre et bronze doré, époque du premier Empire.

192. — Petit Émail, sujet religieux, epoque Louis XIV.

193. — Boussole en ivoire gravé, garniture en argent, époque Louis XIV.

194. — Collier en corail avec médaillon en or émaillé, Portrait d'Anne d'Autriche, époque Louis XIII.

195. — Collier en corail, formé de grosses boules avec fermoir en or.

196. — Petit Coffret en fer gravé, époque Henri IV.

197. — Sept Clefs en fer ciselé de diverses époques.

198. — Miniature sur ivoire, Femme couchée, par Charlier, époque Louis XVI.

199. — Deux Miniatures, fixés, Bouquets de fleurs, époque Louis XVI.

200. — Coupe en émail de Limoges, époque Louis XIII.

201. — Dix-sept Miniatures des époques Louis XIV, Louis XV, Louis XVI.

Sera divisé.

202. — Trois grandes Miniatures sur vélin, d'après Miéris, époque Louis XVI.

203. — Gouache en couleur, sujet d'après Téniers.

204. — Gouache sur vélin, sujet de sainteté.

205. — Tabatière en porcelaine de Saxe, avec médaillon d'enfant, époque Louis XV.

206. — Râpe à tabac en ivoire sculpté, époque Louis XIV.

207. — Émail en grisaille représentant une bataille, époque Louis XVI.

208. — Quarante-trois Boutons en ivoire, représentant des sujets grotesques, travail chinois.

209. — Petit Nécessaire de voyage, contenant cuiller, fourchettes et couteau, en fer damasquiné et argent, époque Louis XVI.

210. — Pomme de canne en fer ciselé et damasquiné d'or.

211. — Trois Tabatières en émail de Saxe, époque Louis XVI.

212. — Petit Canif avec manche en porcelaine de Saxe.

BRONZES ET OBJETS DIVERS

213. — Pendule en marqueterie de cuivre et d'étain, garnie de bronzes dorés, époque Louis XIV.

214. — Deux Flambeaux en bronze doré, époque Louis XVI.

215. — Deux Candélabres à figures à trois lumières en bronze, époque du premier Empire.

216. — Deux Flambeaux formant cassolettes bronze doré mat, style Louis XVI.

217. — Deux Perroquets montés sur pieds, en cloisonné de la Chine.

218. — Groupe d'animaux chinois en bronze avec partie argent.

219. — Petit Groupe de deux enfants, en bois de poirier, époque Louis XIV.

220. — Figurine en ivoire représentant la Vénus pudique, sur socle en marbre, époque Louis XIV.

221. — Petit Coffret en marqueterie de Boule.

222. — Lot de Gravures.

223. — Pistolet en fer ciselé, époque Louis XIV.

224. — Théière et Chaufferette en cuivre poli, travail hollandais.

225. — Plateau et mouchettes en plaqué.

226. — Lot de Reliures et écrins en maroquin rouge et dorure, époques Louis XIV et Louis XV.

227. — Lot de Bronzes dorés, époque du premier Empire.
Sera divisé.

228. — Pied de coupe en cristal de roche, monture en argent.

229. — Deux Bas-reliefs en bronze, époques Louis XIV et Louis XV.

230. — Deux petites Consoles supports, bois sculpté et doré, époque Louis XV.

231. — Deux petits Cadres ronds en bois sculpté et doré, époque Louis XV.

232. — Grand et beau Surtout de table, en bronze argenté, provenant de chez *Odiot*.

MEUBLES

233. — Quatre Chaises en bois sculpté et doré, forme lyre, époque Louis XVI.

234. — Petit Bureau de dame, en bois de rose, garni de bronzes, époque Louis XV.

235. — Petite Table à ouvrage en marqueterie de bois, garnie de bronzes, époque Louis XV.

236. — Petite Table à ouvrage à trois tiroirs, en marqueterie de bois, avec dessus de marbre, époque Louis XV.

237. — Commode en marqueterie de bois, époque Louis XIV.

238. — Table à jeu en bois d'ébène, garnie de bronzes, style Louis XVI.

TAPISSERIES

ÉTOFFES ET DENTELLES

239. — Deux Tapisseries d'Aubusson.

240. — Joli Panneau en tapisserie de l'époque de la Renaissance.

241. — Deux Portières en tapisserie de Neuilly, fleurs et ornements.

242. — Lot de Bandes en tapisserie de Beauvais.

243. — Dessus de Canapé en tapisserie de Beauvais.

244. — Deux Rideaux en guipure.

245. — Neuf coupes de guipures diverses.

246. — Deux Rideaux, dentelles et soieries.

247. — Lot de Soieries diverses, Louis XV et Louis XVI.

248. — Deux Chasubles.

249. — Lot de Dentelles.

250. — Lot de Broderies.

251. — Tapis de table avec broderies à la main, époque Louis XIII.

252. — Lot de Chasubles brodées en argent doré.

253. — Devant d'autel en soie, avec broderie en fin, travail portuagis.

254. — Objets omis au Catalogue.

A. Quantin imprimeur
S. Benoit, 7 à Paris

www.ingramcontent.com/pod-product-compliance
Ingram Content Group UK Ltd.
Pitfield, Milton Keynes, MK11 3LW, UK
UKHW022005260726
13994UKWH00004B/1954

9 782329 393209

COLLECTION

de feu

M. Auguste GAILLARD, d'Alger

CATALOGUE

DES

TABLEAUX MODERNES

PAR

Bail, J. – Beauquesne. – Bligny. – Boutigny. – Chocarne-Moreau. – Defaux.
Diaz. – Gilbert, V. – Grolleron. – Guirand de Scevola.
Huguet, V. – Isabey, E. – Marchetti. – Olive, B. – Roybet, F. – Tanzi
Trouillebert. – Veyrassat. – Ziem.

COMPOSANT LA COLLECTION

de M. Auguste GAILLARD, d'Alger

ET DONT LA VENTE PAR SUITE DE DÉCÈS AURA LIEU

HOTEL DROUOT. Salle n° 11

le Jeudi 26 Mai 1910, à 4 heures

Mᵉ F. LAIR-DUBREUIL	MM. J. CHAINE et SIMONSON
COMMISSAIRE-PRISEUR	EXPERTS
6, Rue Favart, 6	19, Rue Caumartin, 19

EXPOSITIONS

Particulière : Le Mercredi 25 Mai de 1 h. 1/2 à 5 h. 1/2

Publique : Le Jeudi 26 Mai (jour de la Vente) de 1 h. 1/2 à 3 h. 1/2

CONDITIONS DE LA VENTE

Elle aura lieu au comptant.

Les adjudicataires paieront **dix pour cent** en sus des enchères.

L'Exposition permettant au public de se rendre compte de l'état et de la nature des objets, aucune réclamation ne sera admise une fois l'adjudication prononcée.

Paris. — Imp. Henri SCHILLER, 3, Place de la République.

Phototypie Berthaud

N° 1

TABLEAUX

AQUARELLES

BAIL Joseph

1. — *La lecture du Journal.*

SIGNÉ A DROITE.

Toile Haut. $0^{m}54$. Larg. $0^{m}65$.

BAIL Joseph

2. *Marmiton lavant des Bocaux.*

SIGNÉ A DROITE.

Toile Haut. 0m55; Larg. 0m42.

BEAUQUESNE

3. *Le prisonnier.*

SIGNÉ A DROITE.

Toile Haut. 0m27; Larg. 0m35.

BEAUNIE

4. *Le Benedicite.*

SIGNÉ A GAUCHE.

Aquarelle

BLIGNY, A.

5. — *Soldats de la première République.*

SIGNÉ A DROITE.

Aquarelle

BLIGNY, A.

6. — *La retraite de Russie.*

SIGNÉ A DROITE.

Aquarelle.

Salon 1902.

Vue Haut. 0m52; Larg. 0m69.

BOUTIGNY

7. — *Un brave.*

SIGNÉ A DROITE.

Bois Haut. 0m55; Larg. 0m80 1/2.

CHOCARNE-MOREAU

8. *Lendemain de Carnaval.*

SIGNÉ A DROITE.

Toile Haut. 0m55 ; Larg. 0m73.

DEFAUX

9. *Gardeuse d'oies.*

SIGNÉ A DROITE.

Toile Haut. 0m45 ; Larg. 0m32.

DIAZ, N.

10. *Le berger et son troupeau dans la Vallée.*

SIGNÉ A GAUCHE.

Vente P. BÉRARD, Mai 1905.

Toile Haut. 0m36 ; Larg. 0m64 1/2.

GILBERT Victor

11. — *Au Marché de la Madeleine.*

SIGNÉ A GAUCHE.

Toile Haut. $0^{m}65$; Larg. $0^{m}54$.

GROLLERON

12. — *L'Escalade.*

SIGNÉ A DROITE.

Toile Haut. $0^{m}46$; Larg. $0^{m}38$.

GUIRAND de SCEVOLA

13. *Fille de roi.*

SIGNÉ A GAUCHE.

Aquarelle.

Haut. $0^{m}60$; Larg. $0^{m}50$

HUGUET, V.

14. — *Laveuses en Kabylie.*

SIGNÉ A GAUCHE.

Toile Haut. 0m52 1/2 ; Larg. 0m73.

ISABEY, E.

15. — *Le goûter au bord de la Mer.*

SIGNÉ A DROITE.

Toile Haut. 0m56 ; Larg. 0m91.

LAUR

16. — *Chatte et ses petits.*

SIGNÉ A DROITE.

Toile Haut. 0m49 ; Larg. 0m65.

LE ROY

17. — *Famille de chats.*

SIGNÉ A DROITE.

Toile Haut. 0^{m}55 ; Larg. 0^{m}46.

MARCHETTI

18. — *Une auberge du temps de Louis XIII.*

SIGNÉ A DROITE ; daté 1874.

Toile Haut 0^{m}49 ; Larg. 0^{m}61 1/2.

OLIVE, B.

19. — *Soleil couchant sur la Méditerranée.*

SIGNÉ A DROITE.

Toile Haut. 0^{m}46 ; Larg. 0^{m}65.

PALIZZI

20. *Le Chevrier.*

SIGNÉ A DROITE.

Toile Haut. 0m22 ; Larg. 0m32

RICHET, Léon

21. *Le pont du Moulin.*

SIGNÉ A GAUCHE.

Toile Haut. 0m47 ; Larg. 0m61.

ROYBET, F.

22. *L'homme à l'arquebuse.*

SIGNÉ EN HAUT A DROITE

Bois Haut. 1m ; Larg. 0m79

F. Roybet -1894-

ROYBET, F.

23. *La Chanson.*

SIGNÉ A DROITE :

daté 1894.

Bois Haut. 0m90; Larg. 1m20.

ROYBET, F.

24. *Les Savants.*

11.000

SIGNÉ EN HAUT A GAUCHE :

daté 1901.

Raoul Gaillard

Bois Haut. 1m55; Larg. 0m99.

Phototypie Berthaud

N° 24

SCHALKEN, (?)

25. — *Jeune fille tenant une chandelle qu'elle préserve du vent.*

Toile Haut. 0m50 : Larg. 0m38.

TANZI, L.

26. — *Le bain dans l'étang.*

SIGNÉ A DROITE.

Toile Haut. 0m54 : Larg. 0m73.

TIMMERMANS

27. — *Le port de Dieppe ; effet de nuit.*

SIGNÉ A DROITE.

Bois Haut. 0m46 : Larg. 0m38.

TROUILLEBERT

28. — *Le pêcheur.*

SIGNÉ A GAUCHE.

Toile Haut. $0^{m}27$; Larg. $0^{m}32$.

TROUILLEBERT

29. — *Le bachôt.*

SIGNÉ A DROITE.

Toile Haut. $0^{m}38$; Larg. $0^{m}28$.

TROUILLEBERT

30. — *Les Bouleaux.*

SIGNÉ A GAUCHE.

Toile Haut. $0^{m}55$; Larg. $0^{m}46$.

Phototypie Berthaud

N° 31

VEYRASSAT

31. — *Chevaux de relais sur le chemin de Halage.*

6.500

SIGNÉ A GAUCHE.

Fernand Georges

Toile Haut. 0m47 Larg. 0m65

VEYRASSAT

32. — *La mise en Meules.*

SIGNÉ A DROITE : daté 1857.

Toile Haut. 0m21 ; Larg. 0m43

VEYRASSAT

33. — *Les Oies et les Chevaux.*

SIGNÉ A DROITE.

Bois Haut. 0m33 ; Larg. 0m40.

N° 34

VEYRASSAT

34. — *La récolte des Foins.*

SIGNÉ A GAUCHE.

Toile Haut. 0m75; Larg. 0m99.

ZIEM, F.

35. — *Venise; vue du Grand Canal.*

SIGNÉ A GAUCHE.

Toile Haut. $0^{m}83$; Larg. $1^{m}21$.

Phototypie Berthaud

N° 35

ZIEM, F.

36. — *Couchez de Soleil à Venise.*

3.450

SIGNÉ A GAUCHE.

Félix Gérard

Toile Haut. 0m63; Larg. 0m84.

INCONNU

37. — *Marine.*

80

Produit 98.650 francs

RED. :

20

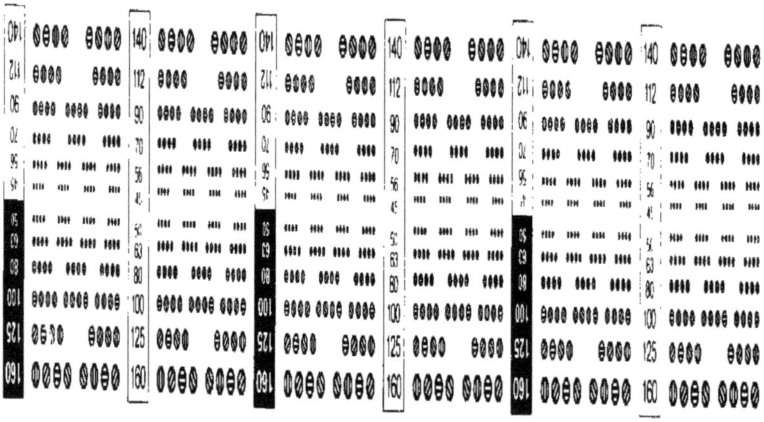

MIRE ISO N° 1
NF Z 43-007
AFNOR
Cedex 7 - 92080 PARIS-LA-DÉFENSE

graphicom

www.ingramcontent.com/pod-product-compliance
Ingram Content Group UK Ltd.
Pitfield, Milton Keynes, MK11 3LW, UK
UKHW022007260726
13994UKWH00004B/1971